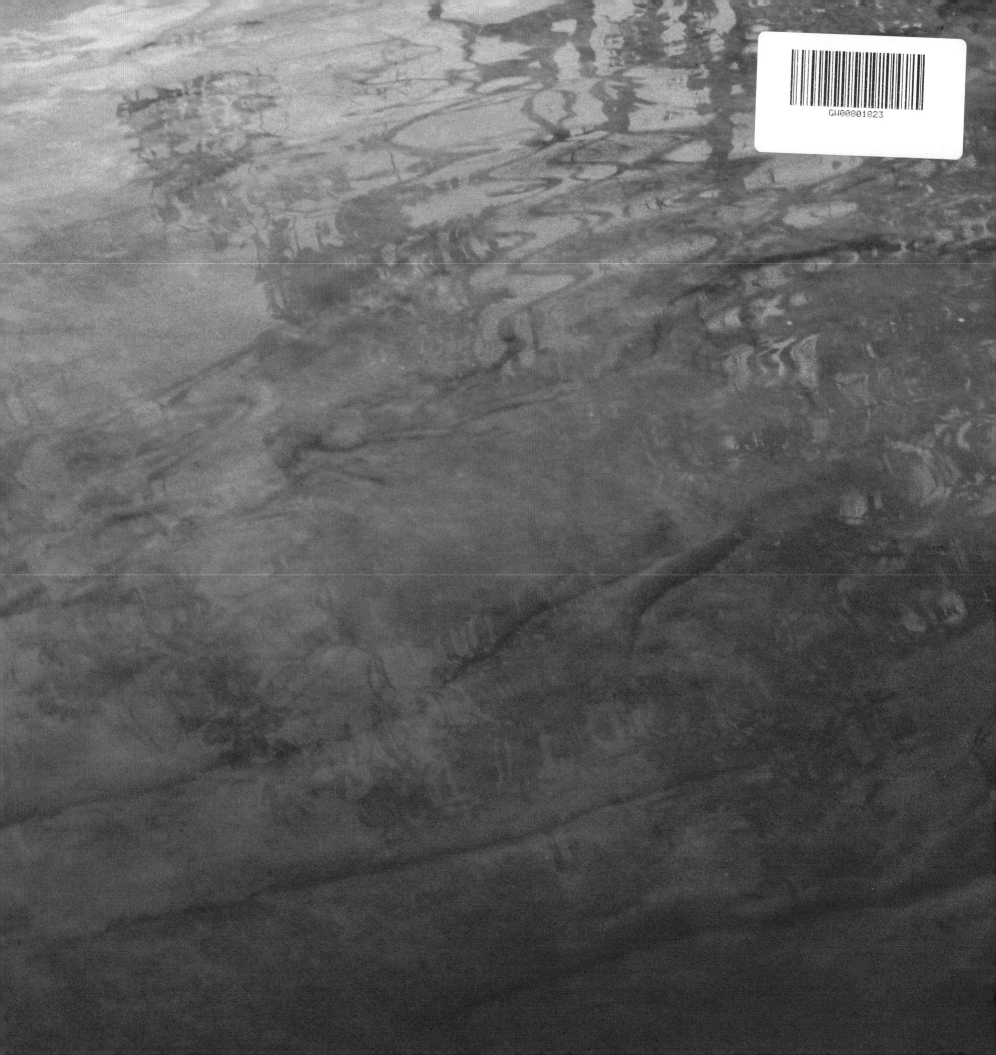

CHAPADA
DOS VEADEIROS

FOTOS · PHOTOS ION DAVID

CHAPADA

DOS VEADEIROS

DBA

Editor/Publisher
Alexandre Dórea Ribeiro

Editora executiva/Chief editor
Adriana Amback

Design/Graphic design
Rubens Adler Amatto

Assistente editorial/Assistant editor
Tatiana Cyro Costa

Pesquisa/Research
Roseli Paulo Madeira (USP)

Tradução para o inglês/English translation
Thomas Nerney

Revisão de texto/Proofreading
Mário Vilela

Produção gráfica/Production
Estúdio DBA

Fotolito/Films
Postscript

Impressão/Printing
Hamburg Donnelley Gráfica Editora

Agradecimentos/Acknowledgements

Alexandre Dórea Ribeiro, Angela Droguetti, Flávio Gikovate, Helô Saddi, Jacira, José Vicente, Licah, Marcelo Safadi, Dr. Pedro João Bosetti, Ricardo Attuch, Sumitra, Sergio Ometto por tudo/for everything.

Guias/Guides: Elias, João Carlos, Lula, Pacheco, Uiter.

Apoio/Support

Travessia Ecoturismo
caixa postal 61
73770-000   Alto Paraíso GO
telefone/fax: (61) 646 1595
travessia@travessia.tur.br
www.travessia.tur.br

Instituto Brasileiro do Meio Ambiente
e Recursos Naturais Renováveis (Ibama)

Diretoria de Unidade de Conservação e Vida Silvestre

Parque Nacional da Chapada dos Veadeiros
(PARNACV)

Ion David
ion@travessia.tur.br
www.travessia.tur.br/ion

A Juscelino Kubitschek (*in memoriam*),
criador do Parque Nacional da Chapada dos Veadeiros

For Juscelino Kubitschek (*in memoriam*),
the originator of Chapada dos Veadeiros National Park

EM NOVEMBRO DE 1998, tive a oportunidade de conhecer esse pedaço de Brasil chamado chapada dos Veadeiros. Assim que cheguei e vi a força das águas, o cerrado esplendoroso, as chuvas e os raios abundantes, o céu tão próximo, me apaixonei.

Foi então que, numa sessão de slides, conheci o trabalho do Ion David. Ele já possuía um incrível banco de imagens.

Surgiu a idéia. Fazer um livro sobre a chapada para o mundo conhecer sua exuberância e simplicidade. Mostrar o Brasil sem fantasias nem dores, simplesmente o que é.

Nessa época, abril de 1999, me envolvi com o trabalho turístico na região, tornando-me sócia-diretora da Travessia Ecoturismo, operadora em Alto Paraíso que trabalha com ecoturismo sustentável, promovendo a conservação do patrimônio natural e cultural e proporcionando o bem-estar das comunidades locais envolvidas.

A idéia do livro cresceu, e em agosto de 1999 apresentei o projeto e os cromos do Ion à DBA.

Em novembro de 1999, tem início o trabalho do livro.

Hoje, setembro de 2000, tenho muito prazer em ver esta obra realizada. Com certeza um sonho para mim e para o Ion David.

Acreditamos e fizemos. Abençoados por Deus.

Espero que vocês tenham uma boa viagem.

Sumitra

MY FIRST CHANCE to explore this part of Brazil, Chapada dos Veadeiros, was in November 1998. I fell in love as soon as I saw the powerful waters, the splendor of the savannah and the frequent storms and rains under its low sky.

Later I saw some slides taken by Ion David, who by then had an amazing collection of images.

So then came the idea of doing a book on the Chapada to make its exuberance and simplicity more widely known. We wanted to show a Brazil without illusions or sorrows, just a country being itself.

It was April 1999 when I got involved with tourism in the region and became partner-director of Travessia Ecoturismo, a tour operator and reception agency in Alto Paraíso that works with sustainable ecological tourism and helps to conserve the natural and cultural heritage while looking to the well-being of the local communities involved.

The idea of publishing a book evolved, and in August 1999 we presented the project and Ion's slides to DBA.

Work on the book started in November 1999.

So now, in September 2000, it is a great pleasure to see it ready. This has surely been a dream come true for me and for Ion David.

We believed in it and we accomplished it. With the help of God.

I wish you all an enjoyable journey.

Sumitra

O encontro com a serenidade
Encounter with serenity
Ignácio de Loyola Brandão

SE O CÉLEBRE "MUNDO PERDIDO" era assim, por que fomos "encontrar" o mundo? Refúgio, recanto, ilha, santuário. Ainda existem momentos/monumentos. Podemos dizer um altar?

Exuberância, plenitude, abastança.
Redundância, acumulação.
Vertigens.
Vastidão.

Chapada dos Veadeiros. Violência das cores/suavidade dos tons. Roxo, verde, azul, amarelo, turquesa, prata, vermelho, creme, bege, areia, preto, cinza, dourado. Um quadro abstrato. Outro, surrealista. Um terceiro, hiper-realista. Todas as escolas de pintura, da clássica à vanguarda, imitadas pela natureza. Que é bela, sem se preocupar com escolas e rótulos.
As formas se sucedem. Originais, estranhas, insólitas, inusitadas, diversificadas, plenas. O design brota da terra, se faz e se refaz. Nada é igual, nem quando da mesma espécie.
Nas rochas, as águas formam desenhos que intrigam aqueles que buscam entender símbolos. Um desfiladeiro, um despenhadeiro, um abismo: o insondável. Cisternas, poços, côncavos misteriosos sem explicação para a origem. Um espelho de água, uma cachoeira, um filete, riacho, córrego. Uma gota isolada sobre uma folha.
Água, fonte de vida, purificação, regeneração. Um dos quatro elementos. Tudo era água, dizem os hindus. Símbolo da fertilidade, ela

IF THIS IS WHAT THE FAMOUS "lost world" was like, then why did we have to "find" our own world? This is a retreat, a haven, an island, and a sanctuary. Here there are still moments and monuments. An altar, might we say?

Exuberance, plenty, abundance.
Excess, a gathering of all.
Vertigo.
Vastness.

Chapada dos Veadeiros, the Deerhounds Tableland. Sharply clashing colors but pastel shades too, soft and smooth. Purple, green, blue, yellow, turquoise, silver, red, cream, beige, sand, black, gray, gold. Here an abstract painting. There, a surrealist one. Yet another, hyperrealist. All the schools of painting, from the classical to the avant-garde, imitated by Nature. Sheer beauty, disregarding schools and labels.
Shapes and silhouettes, one after the other. Original, strange, unusual, unprecedented, diversified, satiated. Design surges from the land, creating and re-creating itself. No two shapes are identical, not even in the same species.
In the rocks, the waters compose intriguing patterns calling out to searchers for truth in symbols. A high pass, a steep fall, an abyss: the unknowable. Wells, springs, mysterious concaves of unexplained origin. A pool of water, a cascade, a brook, a stream, a river. One lonely drop of water on a leaf.

surge, desaparece, penetra em canais subterrâneos, aflora à luz, flui na escuridão. Um rio. Campo, planície, planuras, chapadas, esplanadas, tabuleiros, pradaria, pasto.

Pinturas *trompe-l'oeil*. As que, parecendo, não são a realidade. As que nos enganam, mas que nos deslumbram, encantam. Para desfrutar de uma paixão, é preciso entregar-se a ela, deixar-se penetrar. Descobri-la lentamente.

Entregue-se à chapada. Parque nacional por inspiração de Juscelino Kubitschek, o que olhou para o futuro, o que tirou o Brasil do litoral, o que sentiu a atração dos planaltos centrais. Quando se visita a chapada dos Veadeiros, se compreende. Não! É mais do que compreensão, é percepção interna, transformação que ocorre na mente, de que existe aqui uma atração magnética, irresistível, insinuante.

Sedução imediata, a chapada desafia a imaginação, questiona a acomodação. Mexe, revoluciona. Por que essa vontade imensa de ficar imobilizado diante da paisagem, da flor diminuta, do tronco áspero, da rocha esburacada? O que é? O que não é? A chapada é o olho enganado. Olho que se deixa enganar. Jogo de vida. Se aqui parece o Arizona, por causa das montanhas ao fundo e da cor da terra, não é. Se nosso olhar parece mergulhar num pedaço mínimo que lembra o Saara, viva nessa fantasia, porque não é.

Feche os olhos e penetre na floresta densa no fundo de um vale. O Amazonas? Pode ser, não é. Mutações febris. A paisagem pode se transformar de um momento para o outro. Se aqui é um cerrado brasileiro, matinho caipira, ali pode ser uma cratera da Lua, um instante pré-histórico, porque o tempo igualmente se altera, desaparece. Pode ser hoje, mil anos atrás, o futuro.

Ao penetrar nessa imensa/intensa região, abra as portas da paixão,

Water, source of life, purifying, regenerating. One of the four elements. All comes from water, say the Hindus. Symbol of fertility, it surges, disappears, penetrates subterranean channels, breaks out into the light, flows back into darkness. A river. Fields, flatlands, grasslands, tablelands, esplanades, moorlands, meadows, pasture. Paintings trompe-l'oeil. Seemingly real, but illusion; we are deceived, dazzled and charmed. Enjoy this passion of yours, you must surrender to it, let it come inside you. Discover it slowly.

Surrender to the Chapada. A national park inspired by Juscelino Kubitschek, who looked to the future, who took Brazil away from the coasts, who felt the attraction of the central highlands. Visit Chapada dos Veadeiros and you will understand this. More than understanding, it is an internal perception, a transformation in the mind, an attraction that is magnetic, irresistible, and suggestive.

Instant enchantment, the tableland dares imagination, challenges complacency. Arousing and rebellious. Why this yearning to remain so still, in this setting with minuscule flowers, jagged trunks and pitted rocks? What is real? And unreal? The tableland is sight betrayed. Eyes that allow themselves to be deceived. Life at stake. Here is an Arizona-like landscape, mountainous skyline and sandy soil. Here our eyes rest on a stretch of the Sahara – but it is not there, it is a fantasy. Shut your eyes tight and go deep into the dense forest in the trough of a yawning valley. Might this be the Amazon? It might well be; but it is not. Feverish mutations. Landscapes transmuting by the second. Here we have Brazilian savanna, there rustic woods, there maybe a lunar crater, a glimpse of prehistoric times, as time too transforms and vanishes. It may be today, or a thousand years ago, or the distant future.

desfazendo-se dos preconceitos, das normas regimentais de vida urbana, das noções comuns de tempo e de suas divisões inventadas pelo homem (para quê?). Aqui, é para quem está disposto a viver o novo, a compreender que a vida que estamos levando, nas pressões e tensões das cidades, nas exigências de carreiras e acúmulos monetários, nos medos, perde o sentido.

Não peço que acreditem em dons sobrenaturais, nem que invoquem o desconhecido. Sintam o que quiserem. Deixem fluir por dentro de seu corpo, como essas águas que correm silenciosas. O som da chapada. A ausência de som. O silêncio. Os ruídos que violentam o silêncio. Nada é agressivo aos ouvidos. Há uma suavidade transformada em música, que pode ter sido composta por Cage, Schönberg, Stockhausen, Smetana.

Sabedoria da natureza que contém o homem dentro dela e aqui o acaricia, o estimula. Templo a céu aberto, deve ser cruzado com respeito e alegria. Vontade de nos transformarmos em rochas (símbolo de perenidade – não desejamos ser eternos? –, de solidez, de força) e aqui permanecermos, expostos a chuvas e ventos, ao sol e ao calor, às friagens. Tornarmo-nos elementos também. Pássaro (relação céu-e-terra, o que mais se sente aqui), anjo, inseto, folha livre ao vento, com pensamento, raciocínio, memória.

Lugares inacessíveis me incentivam. Aqui o difícil estimula, o fácil entedia, como dizia Paul Valéry. Não quero o que está à vista. Quero descobrir o desconhecido que essas terras abrigam e que me deixa inquieto.

Sensações contraditórias nos permeiam?

Porque aqui há paz, promessa de serenidade, encontros destinados a nos modificar, a fazer ver que a vida é simplicidade.

Coming deep into this land, so immense and so intense, opens the floodgates of our passions, does away with our preconceptions, our city-life regimentation and its divisions and subdivisions of passing time, all invented by Man (for what?). Veadeiros is for people who want a different life, people who realize that our city lives have lost any meaning, with all their pressure and stress, their demanding careers and their money hoarding, their apprehensions.

I do not ask you to believe in the supernatural, nor to invoke the unknown. Feel whatever you like. Let it flow inside your body, like these silent running waters. The sound of the highlands, of the Chapada. The absence of sound. Silence. Sound that spoils this silence. Nothing jars on our hearing. There is a softness become music; it might have been composed by Cage, Schönberg, Stockhausen, Smetana.

Wisdom of Nature, with Man within her, she is here so caressing and heartening. A huge open-air temple, to be approached both respectfully and joyfully. One feels the urge to become a rock (symbol of the eternal – do we not crave eternal life? –, symbol of solidity, of strength), and just stay here, exposed to winds and rains, sun, heat, chills. Become elements we too. A bird (the feeling for how sky relates to earth is so intense here), angel, insect, leaf in the wind, with thought, reasoning, memory.

Remote places stir me. Here, difficulty is not daunting; too much ease is tedious, as Paul Valéry used to say. Rather than the immediately visible, I want to discover the unknown within these lands that move me so much.

Contradictory feelings?

Here there is peace, promise of serenity, encounters bound to change us, to make us see that life is simplicity.

CHAPADA
DOS VEADEIROS

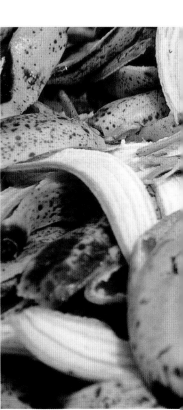

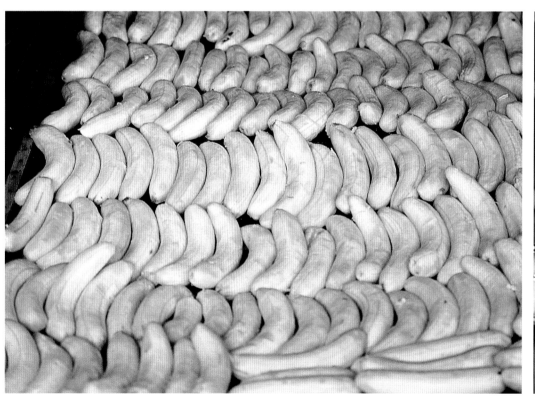

A travessia
The crossing
Luís José da Cunha Lima

SAINDO DE BRASÍLIA, chega-se depois de Planaltina aos mais altos platôs do centro do país. Ali, descortinam-se amplas áreas acima de mil metros, com vegetações típicas das grandes bacias brasileiras: Paraná e Amazonas. É onde encontramos a Estação Ecológica de Águas Emendadas, cujos pântanos e lagoas distribuem o caudal daqueles três rios.

Depois, na passagem da bacia do Prata para a Amazônia, inicia-se a serra geral do Paranã. Nessa parte do caminho, atravessando São Gabriel, os platôs se sucedem até atingir o estreito da Piedade, que, em apenas mil metros de comprimento por menos de cem de largura, divide as bacias do Maranhão e do Paranã, as grandes formadoras do Tocantins. Atravessando esse trecho, deparamos com o planalto Central num de seus momentos mais impressionantes. Antes até de São João da Aliança, primeira cidade da chapada, já estamos muito além do Distrito Federal e nos sentimos envoltos pela vastidão.

Seguindo em frente, ainda em "mares de chapadas", avizinha-se o vale do Tocantinzinho, moldura da chapada dos Veadeiros propriamente dita. Após a ponte do Tocantinzinho, já em Alto Paraíso, descortina-se por mais de cem quilômetros todo o horizonte ao redor. São planaltos entremeados de morros e várzeas verdes.

A rodovia atravessa depois o Piçarrão, vertente do Tocantinzinho. Na contravertente do córrego Vargem Grande, galgando outro terraço, alarga-se cada vez mais a paisagem. Logo após a fazenda Nova Jerusalém, descortinam-se as serras do Buracão e da Baleia, coroadas de brumas na solidão selvagem da chapada.

AFTER BRASILIA AND PLANALTINA, one moves up to the highest tablelands in Brazil. There one finds vast areas at an altitude of over a thousand meters, with the typical vegetation of the two great Brazilian basins: the Paraná and the Amazon. This region features the Águas Emendadas (Meeting of the Waters) Ecological Station, with wetlands and lakes that distribute waters to those three rivers. Then, in the stretch from the basin of the Prata to the Amazon basin, one comes to the beginning of the Paranã range. On this part, after crossing São Gabriel, there is a succession of tablelands, rising up to the Piedade straits, which, one kilometer in length and one hundred meters in width, separates the basins of the Maranhão and the Paranã, the two great tributaries of the Tocantins. This is one of the most striking parts of the highlands. Even before coming to the first town on the tableland, São João da Aliança, one has long left behind the Brazilian capital and feels surrounded by the vastness.

Further on, still in "oceans of tablelands", one sights the Tocantinzinho valley, which frames the Veadeiros tableland itself. Topping the long slope up from the Tocantinzinho bridge, in Alto Paraíso, over a hundred kilometers of horizon open up. Here, highlands are interspersed with hills and green holms.

The highway then crosses the Piçarrão, a tributary of the Tocantinzinho. On the other side of the Vargem Grande stream, the landscape opens out still further. Soon after the Nova Jerusalém Farm, one sees the Buracão and the Baleia, mist-topped mountain ranges lost in the wild solitude of the tableland.

Lísias Rodrigues, a military aviator and one of the first to over fly the

O militar Lísias Rodrigues, pioneiro dos vôos sobre o planalto, comparou o Buracão ao Pão de Açúcar, e Moreira Lima, cronista da Coluna Prestes, erroneamente denominou Tombador o conjunto das duas serras.

Estamos a 1300 metros. A oeste e noroeste, por sobre São Bento, Campo Dourado, Salto, Bona Espero, contemplam-se distantes campinas, só interrompidas ao longe pela silhueta da Baleia e do Buracão e ao fundo por uma grande muralha natural: a serra de Santana, com seus vários morrotes acima de 1600 metros.

Ao norte, os chapadões. Mais perto, já em plano médio, agiganta-se o morro da Conceição da Bela Vista, presumivelmente o primeiro nome da Vila de Veadeiros. A leste, bordeando essa povoação e fechando-a em semiferradura, a serra da Baliza. Limite nordeste da serra geral, destaca-se à medida que o rio São Bartolomeu (ainda com o nome de Passatempo) cava a grande depressão Paraopeba. O fim da Baliza é marcado por uma estrada, que sobe e rompe as campinas do morrão. Sobre os outeiros que antecedem a descida, entre as confluências do São Bartolomeu, surge a cachoeira da Usina Parque.

A Vila dos Veadeiros bebe as águas do córrego Pontezinha. Após irrigarem quintais arborescentes, deságuam no São Bartolomeu, criando a maior e mais bela ilha fluvial do mundo.

Na entrada da cidade, a estátua do Arizinho aponta para além dos arcos. Noventa quilômetros ao norte, fica Cavalcante. O viajante deixa então para trás a Capital do Terceiro Milênio, com sua arquitetura eclética e exótica.

highland, compared the Buracão to Rio's Sugar Loaf, and Moreira Lima, an officer in the entourage of the rebel leader Prestes in the 1920s, misnamed these hills "Tombador".

We are now at an altitude of 1,300 meters. To the west and northeast, beyond São Bento, Campo Dourado, Salto and Bona Espero, one sees far-off meadows, only interrupted by the silhouette of the Baleia and Buracão and, on the northern horizon, by a great rock wall: the Santana range, with several small mountains reaching over 1,600 meters.

To the north are the higher tablelands. Closer, in the mid-distance, looms the hill of Conceição da Bela Vista, presumably the original name of Vila de Veadeiros. To the east, bordering on the latter town in a semi-horseshoe, is the Baliza range of hills. The northeast tip of the Paranã range, it gradually stands out more as the bed of the São Bartolomeu river (still called the Passatempo at this point) drops into the great Paraopeba depression. The end of the Baliza is marked by a trail that climb ups and bursts into gray streaks on the green meadows of the large hill.

The Usina Parque waterfalls lie in the hills preceding the decline into the valley, between tributaries of the São Bartolomeu.

Vila dos Veadeiros is fed by the waters of the Pontezinha stream, which bathes orchards before flowing into the São Bartolomeu, creating the world's largest and most beautiful river island.

On entering the town, the statue of Arizinho points beyond the oxbows. Ninety kilometers to the north is Cavalcante. The traveler then leaves behind the so-called Capital of the Third Millennium, with its exotic, eclectic architecture.

Na campina verde, o asfalto corre por entremeios de vertentes. A 1500 metros, galga a passagem do morro do Capão Grosso. À esquerda, já é o Parque. A leste, com 1676 metros, o ponto culminante do planalto Central: a serra do Pouso Alto, que, num oceano de morros e chapadas, distribui as águas do rio dos Couros para o sul, do córrego Preto para o leste, do rio Preto para o oeste (banhando o Parque Nacional) e do rio das Almas para o norte.

Nesse altiplano, moldou-se paisagem singular. Sobre afloramentos quartzíticos, os campos de flores e murundus. Os capões, os últimos na altitude, são flocos elevados da Amazônia que acompanham as águas em forma ciliar.

A 1500 metros, entre morros e carrascais, vê-se insólito cruzeiro de aroeira em pleno paralelo 14, na entrada norte do Parque Nacional. Invertendo roteiro e perspectiva, agora do norte para o sul, escalonam-se os imensos platôs da hinterlândia brasileira. Vai-se contra o fluxo das águas, que vertem rumo ao equador.

Partindo do porto de Paranã, já em Tocantins, segue-se por histórica estradinha até Cavalcante, matriz da ocupação da chapada. Percorrendo planícies, contempla-se hoje a paisagem magnífica que, no passado, viram o notável naturalista Johann Emanuel Pohl e o pioneiro aeronauta Lísias Rodrigues. A região foi atravessada ainda por combatentes da Coluna e, mais recentemente, por rallies dos sertões.

Num calor quase senegalês, avança-se para o sul, do paralelo 13 ao 14, saindo de Tocantins e entrando em Goiás. Nesse trecho, atravessam-se os regatos do Boaventura e dos Bois. Nascem na

The asphalt snakes between tributaries. At 1,500 metros, it climbs to the pass on the slopes of the Capão Grosso hill. To the left of the road is now the Park. To the east, at 1,676 meters, the culminating point of the Central highland: the Pouso Alto range, which, in an ocean of hills and tablelands, distributes the waters from the Couros river to the south, from the Preto stream to the east, from the Preto river to the west (bathing the Park) and from the Almas river to the north.

On this high plateau, a unique landscape has been molded. Over the quartzite outcrops, one sees flowers and small hills. The patches of woodland are the last vestiges of Amazon region vegetation surviving at this altitude, and they cling to watercourses like ciliary formations.

At 1,500 meters, among hills and scrublands, there is an extraordinary sight, a cross made from the wood of the aroeira tree, right on the 14th parallel, at the north entrance to the Park.

Turning back to retrace one's route and meet a new perspective, one looks south to the immense layered plateaus of the Brazilian hinterland and is now facing against the equator-wise flow of the waters.

Leaving from the port of Paranã, already in the state of Tocantins, one follows a narrow, historic road to Cavalcante, berth of the tableland settlement. Crossing the plains, one looks on the magnificent landscape that in the past was viewed by the noted naturalist Johann Emanuel Pohl and the aviation pioneer Lísias Rodrigues. The region was also crossed by the rebel column of Prestes and, more recently, by rally drivers.

In a blistering heat, one heads south, from the 13th to the 14th paral-

cordilheira ocidental que se divisa ao lado e, recebendo os nomes Água Morna, Palma e Indaiá, dividem também as bacias do Maranhão e Paranã.

Cruzando o transparente rio Claro, que sai da serra do Mosquito, a inversão da rota já traz compensações. Eis um dos mais belos panoramas do Brasil: a serra do Ouro Fino, semicírculo de cinqüenta quilômetros de raio, onde os mais formosos rios de Goiás fazem festa em cachoeiras escondidas. O Prata, rio monumental, despenca em piscinas verdes ou azuis, sempre luminosas e translúcidas.

A leste, antes da serra íngreme, para além do Prata e do Corrente, está o vão do Moleque, onde o morro de mesmo nome é solitário ponteiro no cerrado. Ali, em 202 mil hectares de vales, rios e montanhas às margens do Paranã, vive o povo kalunga. São mais de 3500 pessoas, agricultores, vaqueiros e mineradores, descendentes de quilombolas.

Retomando caminho, sobe-se da planície para os campos e carrascais de altitude. Já estamos no planalto, nas chapadas desoladas de Cavalcante, conhecidas pelos nomes serra das Palmas, Indaiá, Potes, Piteira e Araí. No centro dessa mesa, entre nascentes de águas claras e súbitas, destacam-se os campos de São Félix.

A estrada atravessa a chapada deserta, pontilhada no horizonte por montanhas de quartzo. Numa virada, já para Almas-Paranã, avista-se a leste o morro do Encantado – marco central do vão de Almas e sítio histórico dos kalungas.

Estamos chegando a Cavalcante, antiga capital da chapada. Perto do salto do Ave-Maria, surge o panorama do grande buracão

lel, leaving behind Tocantins and moving into Goiás to tackle the waters of the Boaventura and Bois. Their sources are on the western range, seen to one side, and, receiving the names Água Morna, Palma and Indaiá, are also watersheds for the Maranhão and Paranã basins. Crossing the transparent waters of the Claro river, which flow from the Mosquito range, one already reaps the rewards for making the return trip, for there opens up one of Brazil's most beautiful sights: the Ouro Fino mountain range, a semicircle some fifty kilometers in radius, where the finest rivers of Goiás show their splendor in unsullied waterfalls. The huge Prata river disgorges its waters in falls and pools that, green or blue, are always luminously clear.

To the east, before climbing the steep slopes of the mountains, beyond the Prata and Corrente rivers, is the valley known as Moleque. There, the Moleque hill is a solitary pointer on the savanna. The Kalunga people live in this region of 202,000 hectares of valleys, rivers and mountains around the banks of the Paranã. The ancestors of the Kalunga were Black slaves who escaped from their masters to settle in free communities known as *quilombos*. Today they are over 3,500, engaged in agriculture, cattle herding and mineral extraction.

Returning to the road, there is a climb from the plains to the high altitude grasslands and scrublands as we emerge onto the highland, on the desolate tablelands of Cavalcante, also known as the Palmas, Indaiá, Potes, Piteira and Araí ranges. At the center of this tabletop, among sources of clear and quick-flowing waters, one highlight is the São Félix grasslands.

onde, no sopé da serra de São Pedro, localiza-se a cidade que domina essa panela espetacular. Cavalcante, surgida das lavras do Lava-Pés, mantém-se discreta, mas carrega a fama sagrada do ouro. Pelo sul, protegem-na os inícios da serra de Santana, que se ergue de nordeste a sudoeste em paredes de até mil metros, sustentando as mesas centrais da chapada, hoje protegidas pelo Parque. Seu talvegue-mestre é o rio Preto, que divide municípios e, após a baixada das Sete Lagoas, dá em dois saltos espetaculares. São as cachoeiras do Garimpão, que interrompem o Preto e o fazem buscar, no sentido norte, o rio Maranhão.

Cavalcante já recebeu visitantes ilustres, como, por exemplo, Pohl, que em 1819 ressaltou seu aspecto alegre, e Cunha Matos, que em 1823 contabilizou 107 casas na grande praça.

Ainda no rumo sul, torna-se a subir o terraço do Pouso Alto, culminância do planalto Central. Depois, a montante do córrego Santana, volta-se enfim àquele cruzeiro de aroeira que, da outra feita, se alcançou pelo sul.

A chapada dos Veadeiros, 150 quilômetros ao norte de Brasília, é um conjunto de áreas aplainadas, serras, morros e vales. Erguida em tabuleiro sobre a serra geral do Paranã, nela os cerrados de altitude encontram a máxima expressão. A escarpa da serra, limite oriental da chapada, está condicionada a uma falha que vai desde Formosa, a nordeste do Distrito Federal, até Alto Paraíso, em Goiás.

Mais abaixo, a quinhentos metros, está o vão do Paranã, zona de clima quente. Mais acima, numa constante entre mil e 1250 metros, a chapada dos Veadeiros, parte superior do espinhaço Brasília–Veadeiros.

The road crosses the deserted tableland, its horizon dotted by quartz-bearing mountains. To the east, at a turn in the road, now going to Almas-Paranã, one catches sight of the Encantado hill – the central point of the Almas valley and a historic landmark for the Kalunga. We are coming to Cavalcante, the ancient capital of the tableland. Near the falls on the Ave-Maria, the view suddenly opens out into the panorama of the great hollow where, at the bottom of the São Pedro range, is the town that dominates this spectacular terrain feature. Cavalcante, born as a gold town, is now a quiet place, but retains the sacred fame of gold-bearing terrain. To the south, it is sheltered by the beginning of the Santana range, rising from northeast to southeast with rock walls of up to a thousand meters in height sustaining the central tableland, now protected as part of the National Park. Its principal watercourse is the Preto, which divides municipalities and, after the descent of Sete Lagoas, drops into two spectacular cascades. These are the Garimpão falls, interrupting the course of the Preto and swinging its path to flow northwards into the Maranhão.

Cavalcante has welcomed famous visitors, such as Pohl, who in 1819 emphasized its cheerful appearance, and Cunha Matos, who in 1823 counted 107 houses on the main square.

Still heading south, one again climbs to the "terrace" of Pouso Alto, the culmination of the Central highlands. Then, upstream on the Santana river, one returns at last to the same aroeira cross that one had previously seen from the south.

Chapada dos Veadeiros, 150 kilometers north of Brasilia, consists of several flat areas or tables, plus mountain ranges, hills and val-

Divisora de águas, a chapada é drenada por afluentes do Tocantinzinho, do Preto e do Paranã, todos rios amazônicos.

Os cursos de água que ali nascem se interrompem em cachoeiras e saltos espetaculares nos flancos do magnífico platô. O relevo tem seu perfil traçado por grandes superfícies escalonadas, e a paisagem evolui suave, em planos paralelos ao horizonte.

Com cerca de 13 mil quilômetros quadrados, a chapada tem clima semitropical de altitude, alternando-se entre a estiagem longa (de meados de abril a outubro) e as chuvas torrenciais de verão (de novembro a março). A temperatura média fica na casa dos 21 graus.

Calcula-se que 98% de toda a vegetação do cerrado de altitude brasileiro se concentre nos Veadeiros. Onde as superfícies são entalhadas por veredas, há palmeiras majestosas, os buritis. À medida que a drenagem se define, matas ciliares substituem as veredas. Enfim, circundando as várzeas em áreas pouco encharcadas, predomina uma vegetação rasteira.

O cerrado faz a festa dos botânicos, surpreendendo pela biodiversidade. Vêem-se, por exemplo, vastos trechos de candombás e canelas-de-ema, que anunciam terrenos diamantinos e cristalinos. Depois, num passe de mágica, surgem campos de capins floridos. Arrematando esse périplo botânico, vislumbram-se as caraibeiras que, acima das planícies, agigantam-se como ramalhetes cor de ouro novo.

Mas esse paraíso se ressente da extinção (ou quase) de diversos animais. É a conseqüência de uma cultura predadora, que converte o cerrado em campos de braquiária e soja. Na lista de desaparecidos, destacam-se o guará, a onça-parda, o gavião-real, o socó, o

leys. Rising up as a tableland above the Paranã range, this is where Brazil's most outstanding high-altitude savannas are to be found. The scarp of the range, the western edge of the tableland, is bordered by a fault running from Formosa (to the northeast of Brasilia) to Alto Paraíso, Goiás.

Lower down, at 500 meters, is the Paranã depression, with a warm microclimate. Higher up, on the 1,000- to 1,250-meter contour lines, is Chapada dos Veadeiros, forming the Brasilia–Veadeiros part of the ridge. This watershed is drained by the tributaries of the Tocantinzinho, Preto and Paranã, all part of the Amazon basin.

The watercourses that emerge from there break into spectacular falls on the flanks of this magnificent plateau. The relief has its profile marked by extensive layered surfaces. The landscape evolves on planes running parallel to the horizon.

With about 13,000 square kilometers, the tableland has a high-altitude semitropical climate, alternating between the long dry season (from mid-April to October) and the torrential summer rains (from November to March). The average temperature is around 21˚C.

It is estimated that Chapada dos Veadeiros is the location of 98% of all high-altitude savanna vegetation in Brazil. A feature of some spring-fed areas is majestic buriti palm trees. As the drainage becomes more defined, those areas give way to ciliary forests. At last, circling the riverside grass areas in the less waterlogged parts, the predominant vegetation is ground-level.

The Brazilian savanna has been a treasure trove for botanists because of its outstanding biodiversity. One can find, for instance,

pato-mergulhão e mesmo os diversos tipos de veado, bichos que, não faz muito tempo, percorriam em bandos as campinas da chapada.

Um sem-número de insetos interage com a flora e alimenta anfíbios e répteis. Entre esses últimos, muitas cobras, pequenas e médias, venenosas ou não: jararacas, cascavéis, jararacuçus, falsas e verdadeiras corais. Sobram pequenos lagartos, mas teiús-açus já são mais raros. Jabutis, jacarés e sucuris pouco aparecem.

São comuns as emas, que, assim como as quase onipresentes araras, vivem em bandos. Ao amanhecer, nas vilas e cidades, os periquitos e tucanos disputam frutos dos jardins e quintais. No ar, ouve-se o canto do sabiá, do bem-te-vi e do fogo-apagou. Outras aves, como o mutum, o joão-congo e a alma-de-gato, dão colorido à festa.

Contudo, nem mesmo nesse retiro há paz completa: o gavião-de-fumaça, por exemplo, vem mergulhar e surpreender algum réptil. A luta é feroz, e só os mais fortes sobrevivem.

Fugindo à extinção, os mamíferos maiores se abrigam em rincões inóspitos. O caititu, a anta, a capivara, o quati, a onça-preta, a onça-pintada, o veado-catingueiro, o tamanduá-bandeira, o tamanduá-mirim antecipam ali a visão do profeta Isaías e bebem água da mesma fonte.

O Parque Nacional da Chapada dos Veadeiros é vitrine-síntese desse complexo montanhoso. Sua gênese está ligada à história do Centro-Oeste nas últimas cinco décadas.

Em abril de 1960, inaugura-se Brasília, a nova capital federal. Em janeiro de 1961, Juscelino cria o Parque Nacional do Tocantins, com área de 625 mil hectares. Depois, nos tempos do regime mili-

enormous swathes of candombás and vellozia, which hints at diamond- and crystal-bearing terrains. Later, as if by magic, flowery grasses abound. To round off this botanical expedition, one can see the caroba trees above the lowlands, looking like giant bunches of gold-plated flowers.

However, this paradise is marred by the extinction (or near-extinction) of many animals. This has been the result of a predatory culture that turns the savanna into fields of soybeans and brachial vegetation. Among the species that are no longer to be found are the agouara, the cougar, the harpy eagle, the socó heron, the Brazilian merganser and even several kinds of deer, which until the recent past ranged the grasslands in herds.

Numberless species of insects interact with the flora and feed amphibians and reptiles. Among the latter, there are many small and medium-sized snakes, poisonous and non-poisonous: pit vipers, rattlesnakes, coral snakes. There are aso many small lizards, but the big ones are not so frequent. Land turtles, caymans and anacondas are very few.

The Brazilian ostrich is quite common, as is the almost omnipresent macaw (both species live in flocks). At dawn in the villages and towns, small parrots and toucans jostle for fruits in gardens and orchards. One also heards the song of thrushes, tyrant-flycatchers and scaled doves. Other birds, such as curassows, crested oropendolas and squirrel cuckoos, lend color to this celebration.

However, not even in this natural retreat the peace is complete: for instance, hawks dive to swoop on reptiles. Life is all struggle, and only the strongest survive.

tar, duas reduções estruturais mudam o nome e a extensão do Parque, que fica quase 90% menor. Hoje, ele conta apenas 65 525 hectares e abrange parte dos municípios de Alto Paraíso e Cavalcante. Seu nome se refere não aos veados, mas aos cães que os farejam e perseguem. Triste ironia!

Pontuam essa paisagem imensa muitos outros nomes, histórias, lendas e circunstâncias. Há uma vila-povoado chamada Moinho; outra, Capela. O nome de uma serra é Segredo; o de outra, paralela, é Silêncio. Dois desfiladeiros monumentais e bem vizinhos foram batizados Lua e Lajeado...

A leste de Alto Paraíso, pela trilha que serpeia na Baliza, atravessam-se as campinas do sertão Zen. Dali, após refrescar-se no poderoso Banho Inca, o visitante penetra no vale do rio Macaco, que, recebendo o caudaloso ribeirão Macaquinho, transforma-se em Macacão...

Para nordeste da capital da chapada, toma-se estrada paralela ao São Bartolomeu, ponto de lavras bandeirantes no século 18.

Ao lado da Pedra Ruim do Montividiu, à beira da estrada, observa-se um dos saltos mais vistosos de toda a região: a cachoeira da Água Fria, com 170 metros (setenta em queda livre).

Na grande curva que costeia a serra, abre-se o profundo vale do Moinho, com sua vilinha oculta no arvoredo. Lá embaixo, casinhas de adobe. O São Bartolomeu segue banhando terras onde outrora se lavrou ouro e hoje se cultiva trigo.

Na vila do Moinho, cercada de serras, a única saída é pelo São Bartolomeu: o sertão do vão do Paranã, a leste. Imenso, vai desde o

To avoid extinction, larger mammals shelter in far-off, wild places. White-collared peccaries, tapirs, capybaras, coatis, jaguars, brockets, great and little anteaters are forced to drink together from the same water, anticipating Isaiah's prophecy.

The Chapada dos Veadeiros National Park is a synthesis of this mountainous region. Its history is linked to that of central Brazil over the last fifty years.

In April 1960, Brasilia, the new federal capital, was inaugurated. In January 1961, President Kubitschek established the Tocantins National Park. Later, under the military regime, the original 625,000 hectares twice underwent major reductions and name changes, losing almost 90% of the initial area. Today, the Chapada dos Veadeiros National Park has only 65,525 hectares and includes parts of the municipalities of Alto Paraíso and Cavalcante.

In this large area, there are many more names, stories, legends and unusual circumstances. One village is called Moinho (Mill); another, Capela (Chapel). There is a mountain range called Segredo (Secret), while another parallel range is called Silêncio (Silence). Two monumental ridges were named Lua (Moon) and Lajeado (Roofed)...

To the east of Alto Paraíso, on the trail that snakes around the Baliza, are the grasslands of the Zen backlands. From there, after the refreshing waters of the Banho Inca (Inca Bath), the visitor enters the valley of the Macaco (Monkey) river, which, receiving the abundant waters of the Macaquinho (Little Monkey), becomes the Macacão (Big Monkey)...

Heading northeast of the capital of the tableland, the road runs alongside the São Bartolomeu, the site of much gold mining in the 1700s.

Pouso Alto até Nova Roma, recebendo diversos nomes no percurso: Japecanga, São Pedro, Quebra-Barril, Brejão, Piedade, serra do Forte e Forquilha.

Destaque para o córrego Pretinho, primeiro grande afluente do São Bartolomeu, quase dentro do Moinho, com cachoeiras belíssimas. Depois o Santo Antônio e o Caldeiras, ambos com cachoeiras. A queda fina e espetacular do Simão Correia, 110 metros em negativo, é verdadeira rainha do sertão. E, em São Pedro das Águas Claras, velhos garimpos bandeirantes. O Oquinho, o Ocão e o Garimpão do Bonsucesso, com igrejinha construída pelos escravos, completam a moldura da época aurífera.

Agora, no rumo do sol, o viajante percorre a chapada. Pela GO 327, São Jorge fica a 38 quilômetros, Colinas a setenta. A um quilômetro do ponto de partida, atravessa-se a baixada do córrego Almécegas, que segue paralela à estrada. De repente, afunda-se em elegante cascata. É a Almécegas I. Há também a II e a III, todas de igual beleza. Depois os campos da São Bento, fazenda que dá nome a poderosa cachoeira, a primeira de uma série no rio dos Couros. Da região partiram expedições que, sob o comando do general Polli Coelho, buscavam uma Suíça tropical, os "Alpes Goianos".

A estrada continua. Ainda é de terra, mas logo será de asfalto, com ciclovia. O panorama se abre, espetacular. Estamos na Boa Vista, nome justíssimo. Ao longe, campos e serras se confundem na vastidão. Ao norte, paralelo à GO 327 e à serra de Santana, o Preto recebe as águas do córrego Fundão e do córrego do Guariba, lavras de ouro abandonadas desde 1780. E vêm mais águas com

Near the road, by a large rock known as Pedra Ruim do Montividiu, is one of the region's most beautiful falls: the Água Fria, which is some 170 meters high.

Rounding the mountains, one finds the deep Moinho valley, with its small settlement hidden in the woods. Down bellow, small adobe houses. The São Bartolomeu runs on, bathing lands once mined for gold and now farmed for wheat.

In the Moinho settlement, surrounded by mountains, the only exit is by the São Bartolomeu, to the east, coming to the backlands of the Paranã basin. This immense region runs from Pouso Alto to Nova Roma and takes on several different names: Japecanga, São Pedro, Quebra-Barril, Brejão, Piedade, Forte range and Forquilha.

The Pretinho, near Moinho, is the first major tributary of the São Bartolomeu and boasts splendid waterfalls. Then come the Santo Antônio, the Caldeiras and their falls. The Simão Correia fall, a low-volume but spectacular drop of 110 meters, is truly the Queen of the Backlands. And, in São Pedro das Águas Claras, one still sees the vestiges of the gold-prospecting times.

Oquinho, Ocão and Garimpão do Bonsucesso, with its ancient chapel built by Black slaves, finish up the picture of the gold-mining period.

Highway GO 327 next follows the path of the sun into the tableland. São Jorge is at 38 kilometers; Colinas, at sixty. Just one kilometer from the beginning, alongside the highway, is the Almécegas stream. Then comes an abrupt drop and a pretty cascade, the first of three known as Almécegas I, II and III, all equally beautiful.

Now the fields of the São Bento Farm, which lends its name to a

buriti no nome: Buriti da Trilha, Buriti do Veado, Buriti do Papagaio. Há também um córrego Fel, que, na verdade, sabe a mel... E outros córregos: Riacho Fundo, Estiva, dos Ingleses, todos avolumando o Preto, razão de ser do Parque.

As serras do Buracão e da Baleia se antepõem à estrada, só deixando um desfiladeiro providente. A Baleia perde sua forma e se transforma em muralha. No sopé, Seu Valdinho serve histórias, doces e licores, no espírito hospitaleiro da chapada.

Do Buracão, mirando ao norte, mesas onduladas e morros graciosos pontuam grandes campinas. Vê-se uma várzea de altitude, com fileiras de buritis na paisagem infinita. Os antigos deram ao lugar o nome Riacho Fundo, mas os esotéricos preferiram rebatizá-lo Jardim de Maitreya.

A estrada toma rumo oeste. À direita, além da cerca branca, já é o Parque. À esquerda, a serra do Segredo, cortando o horizonte em linha reta. Em dia de chuva, precipitam-se de suas paredes a pique longas quedas.

O ribeirão São Miguel nasce na encosta oeste da cadeia do Buracão, e suas águas vertem em enorme panela forrada de mata. São verdes e transparentes. No percurso inicial, continuam atravessando uma floresta que, na altura da fazenda Volta da Serra, passa a chamar-se mata do Gengibre. Ela esconde a foz do córrego Cordovil, formador do Tamboril, perto dos vales do Matão e Matãozinho, também de águas verdes e transparentes.

Nesse vasto vale, a chapada perde altitude. Há o grande encontro das placas: Araí ao norte e Paranoá ao sul. Aqui, o rio e as intempéries esculpiram o famoso vale da Lua.

powerful waterfall, the first of a series on the Couros river. This region used to be the starting point for expeditions that, commanded by General Polli Coelho, searched for a tropical Switzerland, the "Goiás Alps".

The road winds on, still a dirt track, but soon to be paved, with a cycle route. The view suddenly opens up spectacularly. One is in the aptly named Boa Vista (Fair View). In the distance, grasslands and mountains stray across a vast horizon.

To the north, parallel to Highway GO 327 and to the Santana range, the Preto draws in the waters of the Fundão and Guariba streams, old gold-mining country abandoned in the 1780s. The word *Buriti*, referring to the palm stands, is now found in many names of rivers and tributaries: Buriti da Trilha, Buriti do Veado and Buriti do Papagaio. One stream is called Fel (Bile), despite the sweetness of its waters! And one sees more streams: Riacho Fundo, Estiva and Córrego dos Ingleses, all feedind the Preto, mainstay of the Park.

The Buracão and Baleia ranges block the highway, leaving only a provident mountain pass free. Baleia (a name that means "Whale") loses its shape and is turned into a rock face. At its foot, Master Valdinho serves up stories, sweets and liqueurs, in the hospitable spirit of the tableland.

From Buracão, looking north, undulating tablelands and pretty hills are dotted around the great grasslands. There is typical high-altitude riverside vegetation, with lines of buriti palms scattered on the endless landscape. The ancient name for the place was Riacho Fundo (Deep Creek), but a more recent esoteric trend favors Jardim de Maitreya (Maitreya's Garden).

Após curva ascendente na estrada, surge a capital turística da chapada, a vila de São Jorge, antes conhecida como Baixa dos Veadeiros. A natureza a fez guardiã das já citadas cachoeiras do Garimpão do Rio Preto, maior atração do Parque Nacional.

O povoado já é distrito. Fruto das lavras cristalinas, tem poucas ruas. Quem chega precisa se dirigir ao centro de visitantes na entrada do Parque. Abandona-se o auto, começa a caminhada. Com a presença obrigatória de um guia, toma-se qualquer das trilhas para o Preto.

A primeira pega a direção das cabeceiras, cruzando riachos e conduzindo à série Canyons I e II e às cachoeiras das Cariocas. Nas palavras de um autor, elas se afiguraram "como velhos templos pagãos, ali erguidos, há séculos, para um culto de ignotas divindades". E as corredeiras da Boa Sorte ensaiam os grandes saltos que surgirão mais a jusante.

A segunda trilha, rio abaixo, atravessa catas de cristal. Após dois quilômetros, o horizonte se abre entre lavras e cerrado rupestre. Vê-se a volumosa serra de Santana. A seus pés, corre o Preto, rei dos rios da chapada.

A noroeste, paredões anunciam enorme desnível de terreno. Avança-se pela trilha do Iluminário, entre a flora exemplar do cerrado, que o fogo lambe e renova. Chega-se às cachoeiras do Garimpão, altas e repentinas. É hora de descer, de "subir os abismos".

A trilha serpeia até uma plataforma natural que proporciona a visão deslumbrante do Salto I (120 metros) e o acesso ao Salto II (oitenta metros). O poço desse último é quase lago, bordeado de matas e pedrões. O banho é refrescante. A contemplação, imobilizante.

The highway now heads west. To the right, everything beyond the white fence is part of the National Park. To the left, the Segredo range cuts across the horizon in a straight line. On rainy days, long spouts of water pour from the rock faces.

The São Miguel springs from the west face of the Buracão range, and its green, translucent waters pour into an enormous pan lined by forests. At the beginning of the watercourse, they run through an extensive forest, which around the Volta da Serra Farm takes on the name of Gengibre (Ginger) forest. The woods hide the gorge of the Cordovil, which shapes the Tamboril, near the Matão and Matãozinho valleys, also of green and translucent waters.

Within this great valley, the tableland loses altitude. There is a great joint between the geological plates, Araí to the north and Paranoá to the south. Here, the river and the weather have sculpted the famous Vale da Lua (Lunar Valley).

The road curves and rises and then suddenly leads into São Jorge, previously named Baixa dos Veadeiros, the tourist capital of the tableland. Nature has made it the guardian of the waterfalls at Garimpão do Rio Preto, the major attraction in the Park.

The town, which has grown with the demand for rock crystals, is now classed as a district, but has only a few streets. New arrivals must go to the visitors' center at the entrance to the Park, where cars are left behind and walking is the order of the day. The presence of a guide is compulsory for trekkers to take one of the trails leading to the Preto.

The first trail leads to the headwaters, crossing streams to reach

É hora de subir, de voltar à estrada e fechar a rota dos quadrantes. Até Colinas, as mais belas paisagens de Goiás nos esperam. Entre a estrada (ainda Parque) e a serra do Segredo, o São Miguel descortina vales, matas e serras soltas.

Um quilometro após São Jorge, entrando à esquerda, o visitante vai conhecer o complexo Raizama, com hidromassagens, trilhas e canyons profundos, donde se precipita o São Miguel. Este rompe as pedras cinzentas como um escultor desvairado e cria locas e torneiras. O rio e a estrada levam ao novo refúgio do São Miguel: a Morada do Sol, o vale das Andorinhas. De novo, falésias pretas e castanhas pontuam esse ribeirão verde, marco integrador das placas geológicas da chapada.

Novamente na estrada, a paisagem a sudoeste é sucessão de morros verdes e azuis, interrompidos por uma ou outra serra. Chegando ao Pequizeiro, um grafite diz: "Saudades do futuro". É a melancolia sertaneja, aprofundando a visão da paisagem e das histórias.

Sobre os morros à esquerda da estrada, o mirante dos Revoltosos. São 360 graus de orgulho e esplendor. Passagem. Travessia.

Canyons I and II and the Cariocas falls. In the words of one author, these falls suggest "ancient pagan temples, erected there centuries ago, in worship of unknown divinities." The fast-flowing rapids of Boa Sorte are a rehearsal for the great falls.

The second trail is further downstream and crosses the areas of mineral extraction. After two kilometers alongside, the horizon opens out between tillage and a rocky savanna. One sees the large Santana range. Below it, the fast-flowing waters of the Preto, the king of the tableland rivers.

To the northwest, rock faces warn of a drop in the terrain. One heads along the Iluminário trail, among the typical flora of the savanna, its exuberance devoured and renewed by fires. Then come the Garimpão falls, with their abruptly plummeting waters. Time to trek down "into the abyss."

The trail winds, to a natural platform that provides a dazzling view of Salto I (120 meters) and the access to Salto II (eighty meters). The pool of the latter is almost a lake, surrounded by woods and rocks. The bath is refreshing, and the view, breathtaking.

It is time to return to the road and complete the trip around the points of the compass. The most beautiful landscapes of Goiás await on the route for Colinas. We are still in the Park and, between the road and the Segredo range, the São Miguel flows through valleys, forests and mountain ridges.

One kilometer after São Jorge, to the left, the visitor meets the Raizama center, offering hydromassages, trails and deep canyons around the São Miguel. Breaking over gray rocks, the river curls and winds like a crazy sculptor chiseling the waters to make fish lairs and faucets. Road and river lead to the new shelter of the São Miguel: Morada do Sol, also known as the Valley of the Swallows. Black and brown rock strata jut up from this green-watered river, which is the jointure between the geological plates outlining the tableland.

Back on the road again, the landscape to the southeast is a succession of green and blue hills, occasionally broken by some mountain range. In Pequizeiro, a graffiti: "Nostalgia for the future." That is the backlands melancholy, both illuminating and deepening one's view of the landscape and its stories.

The viewpoint known as Revoltosos (Rebels) emerges from the hills to the left of the highway. All 360 degrees of the view from here offer great pleasure in their splendor. It is a passage. A crossing.

p. 2-3

Serra da Boa Vista, Alto Paraíso

Boa Vista range, Alto Paraíso

p. 4-5

Cachoeira do córrego Ribeirão, São João da Aliança

Falls on the Ribeirão stream, São João da Aliança

p. 6-7

O cerrado em chamas, Cavalcante

Fire on the savanna, Cavalcante

p. 8-9

Serra do Buracão, Alto Paraíso

Buracão range, Alto Paraíso

p. 14

O caminho a seguir

The way to go

p. 17c

Mata ciliar de cerrado

Riverside forests on the savanna

p. 18

Campos de cerrado com matas ciliares, Parque Nacional da Chapada dos Veadeiros (PARNACV)

Savanna grasslands and riverside forests, Chapada dos Veadeiros National Park (PARNACV)

p. 21

Indaiá, palmeira típica do cerrado (Orbignia sp.)

Typical of the palm trees on the savannha is the indaiá (Orbignia sp.)

p. 22

Secador de louças, região dos kalungas, Cavalcante

Dish drier, Kalungas area, Cavalcante

p. 25c

Povoado do Forte, São João da Aliança, Alto Paraíso

The village of Forte, São João da Aliança, Alto Paraíso

p. 26-7

Mirante da fazenda Mata Funda, Alto Paraíso

A high spot with a view on the Mata Funda farm, Alto Paraíso

p. 29

Canyon do Raizama, córrego São Miguel, São Jorge, Alto Paraíso

Raizama Canyon, São Miguel river, São Jorge, Alto Paraíso

p. 30

Rio Paranã, serra da Contenda, Teresina de Goiás

Paranã river, Contenda range, Teresina de Goiás

p. 32-3

Serras do Buracão e da Baleia, Alto Paraíso

Buracão and Baleia ranges, Alto Paraíso

p. 34

Aldeia Arco-Íris, vale do rio Macaco, São João da Aliança

Arco-Íris village, Rio Macaco valley, São João da Aliança

p. 35

"Chuveirinho" (Paepalanthus speciousus), flor endêmica do cerrado

"Chuveirinho" (Paepalanthus speciousus), a common savanna flower

p. 36

Serra do Ouro Fino, Cavalcante

Ouro Fino range, Cavalcante

p. 37

Trekking na serra do Ouro Fino, Cavalcante

Trekking in the Ouro Fino range, Cavalcante

p. 39

Casa típica kalunga, Teresina de Goiás

Characteristic Kalunga dwelling, Teresina de Goiás

p. 40a

Casa de adobe

Home on the central highlands

p. 40b

Casa de adobe. Tijolos artesanais maciços, usados em construções no planalto central

Home on the central highlands, built with handmade clay blocks

p. 40c

Casa de adobe

Home on the central highlands

p. 41a

Casa de adobe

Home on the central highlands

p. 41b

Casa de adobe

Home on the central highlands

p. 42-3

Simplicidade e riqueza, a moradia do povo do cerrado, São João da Aliança

Unpretentious wealth, a savanna dwelling, São João da Aliança

p. 44

A hora do descanso, no vão dos kalungas, Teresina de Goiás

Time for a rest in the Kalunga area, Teresina de Goiás

p. 45

Pelo rio Paranã, de barco, o único acesso a várias comunidades kalungas, Teresina de Goiás

A boat on the Paranã river is the only way to reach the Kalungas in Teresina de Goiás

p. 46-7

Corredeiras da Boa Sorte, rio Preto, PARNACV

Boa Sorte rapid waters, Preto river, PARNACV

p. 48-9

Cachoeira das Cariocas, Rio Preto, PARNACV

Cariocas falls, Preto river, PARNACV

p. 50

Cachoeira das Cariocas, uma de suas piscinas, PARNACV

Pool by the Cariocas falls, PARNACV

p. 51

Canyon I do rio Preto, PARNACV

Canyon I, Preto river, PARNACV

p. 52-3

Cachoeira Rei, rio Prata, um oásis no meio do paraíso, Cavalcante

Rei falls, Prata river an oasis in a paradise, Cavalcante

p. 54-5

Os saltos do rio Preto, despencando 200 m, despedem-se da chapada, PARNACV

The Rio Preto falls, a 200 m drop on the way out of the National Park

p. 56

Cachoeira do rio Almécegas, o mesmo nome de uma árvore medicinal, Alto Paraíso

The Rio Almécegas falls named for a medicinal tree, Alto Paraíso

p. 57

Canyon da Morada do Sol, com o rio São Miguel passando entre seus desfiladeiros, São Jorge, Alto Paraíso

Morada do Sol canyon, São Miguel river, São Jorge, Alto Paraíso

p. 58-9

As hidromassagens do rio Macaco, Alto Paraíso

Hydromassage on the Macaco river, Alto Paraíso

p. 60

Águas da época das chuvas, cachoeira do Abismo, limite do Parque Nacional, São Jorge, Alto Paraíso

Rainy season waters at the Abismo falls, on the edge of the National Park, São Jorge, Alto Paraíso

p. 61

Cachoeira do Abismo, São Jorge, Alto Paraíso

Abismo falls, São Jorge, Alto Paraíso

p. 62

Vale da Lua e sua exótica formação rochosa esculpida pelo rio São Miguel, São Jorge, Alto Paraíso

Vale da Lua, with its exotic rock formation sculpted by the São Miguel river, São Jorge, Alto Paraíso

p. 63

Vale da Lua, São Jorge, Alto Paraíso

Vale da Lua, São Jorge, Alto Paraíso

p. 64-5

O nascer do sol, Mirante do Moinho, Alto Paraíso

Sunrise on Mirante do Moinho, Alto Paraíso

p. 66-7

O pôr-do-sol no planalto, Alto Paraíso

Highlands sunset, Alto Paraíso

p. 68-9

Cores, nuvens e luzes no céu da chapada, Alto Paraíso

Colors, clouds and light in the sky of the tableland, Alto Paraíso

p. 70

Primeiro o fogo, depois a vida nova

Fire first, then new life

p. 71

Textura de uma cagaiteira (*Eugenia dysenterica*), árvore frutífera do cerrado

The texture of a cagaiteira (*Eugenia dysenterica*), a fruit tree found in the savanna

p. 72

A imponente aroeira, madeira nobre (*Myracrodruon urundeuva*), planta em extinção

The impressive aroeira (*Myracrodruon urundeuva*), an almost extinct hardwood tree

p. 73

Textura do araticum (*Annona crassiflora*), fruta típica do cerrado

The texture of the araticum fruit (*Annona crassiflora*), commonly found in the savanna

p. 74

Campo rupestre e sua enorme biodiversidade, Alto Paraíso

The wild countryside and its enormous biodiversity, Alto Paraíso

p. 75
Cobra-verde (*Phyllodryas aestivus*)
Green snake (*Phyllodryas aestivus*)

p. 76-7
Festa do Divino Espírito Santo, Alto Paraíso
Feast of the Holy Ghost, Alto Paraíso

p. 78
Casamento kalunga, Teresina de Goiás
A Kalunga wedding, Teresina de Goiás

p. 79
Dona Júlia, matriarca kalunga, Cavalcante
Dona Júlia, a Kalunga matriarch, Cavalcante

p. 80
Joveci, morador do vão da Contenda,
Teresina de Goiás
Joveci, a resident of the Contenda area,
Teresina de Goiás

p. 81
O herdeiro, comunidade kalunga, Cavalcante
A Kalunga boy, heir to the traditions of his
people, Cavalcante

p. 82
Moacir, um primitivista no coração do garimpo,
São Jorge, Alto Paraíso
Moacir, a primitive in the gold-prospecting area,
São Jorge, Alto Paraíso

p. 84-5
Obra de Moacir
A work by Moacir

p. 87
Peão boiadeiro, Engenho, Cavalcante
A cattle handler, Engenho, Cavalcante

p. 88
Mandioca
Manioc

p. 89
Vilmar, trabalhador rural,
Moinho, Alto Paraíso
Vilmar, a farm worker,
Moinho, Alto Paraíso

p. 90a
O fabrico da farinha de mandioca, Moinho,
Alto Paraíso
At the manioc flourmill, Moinho, Alto Paraíso

p. 90b
O fabrico da farinha de mandioca, Moinho,
Alto Paraíso
At the manioc flourmill, Moinho, Alto Paraíso

p. 91a
Mandioca
Manioc

p. 91b
Mandioca
Manioc

p. 92
Santina Inácio, no fabrico da farinha,
Moinho, Alto Paraíso
Santina Inácio, at the flourmill,
Moinho, Alto Paraíso

p. 93

Dona Leonia e sua mãe, Santina, em atividade na casa de farinha, Moinho, Alto Paraíso

Dona Leonia and her mother, Santina, at the flourmill, Moinho, Alto Paraíso

p. 94

Carvão

Charcoal

p. 95

O carvoeiro

A charcoal maker

p. 96a

Da madeira ao carvão, duro e trabalhoso processo

From wood to charcoal, a laborious procedure

p. 96b

O carvoeiro

A charcoal maker

p. 97a

A carvoaria, Alto Paraíso

Charcoal making, Alto Paraíso

p. 97b

Da madeira ao carvão

From wood to charcoal

p. 98-9

A carvoaria, Alto Paraíso

Charcoal making, Alto Paraíso

p. 100

Merecido descanso

A well-earned rest

p. 101

Trabalho fatigante

Tiring work

p. 102

Bananas

Bananas

p. 103

Dirinho, o artesão da banana-passa "naturalis", Alto Paraíso

Dirinho, maker of dried banana, Alto Paraíso

p. 104a

O fabrico de banana-passa

Making dried bananas

p. 104b

O fabrico de banana-passa

Making dried bananas

p. 105a

O fabrico de banana-passa

Making dried bananas

p. 105b

O fabrico de banana-passa

Making dried bananas

Dados Internacionais de Catalogação na Publicação (CIP)

(Câmara Brasileira do Livro, SP, Brasil)

David, Ion

Chapada dos Veadeiros / Ion David, – São Paulo:

DBA Artes Gráficas, 2000.

ISBN 85-7234-190-0

1. Chapada dos Veadeiros – Descrições e viagens

2. Parques e reservas nacionais – Brasil I, Título.

00-2414   CDD–918.17

Índices para catálogo sistemático:

1. Brasil Central: Chapada dos Veadeiros:

   Parque nacional: Descrição 918.17

2. Chapada dos Veadeiros: Parque Nacional:

   Descrição: Brasil Central 918.17

Impresso no Brasil/Printed in Brazil

DBA Dórea Books and Art
al. Franca, 1185 cj. 31/32
01422-010 São Paulo SP
tel.: (11) 852 1643
fax: (11) 280 3361
e-mail: dbabooks@uol.com.br

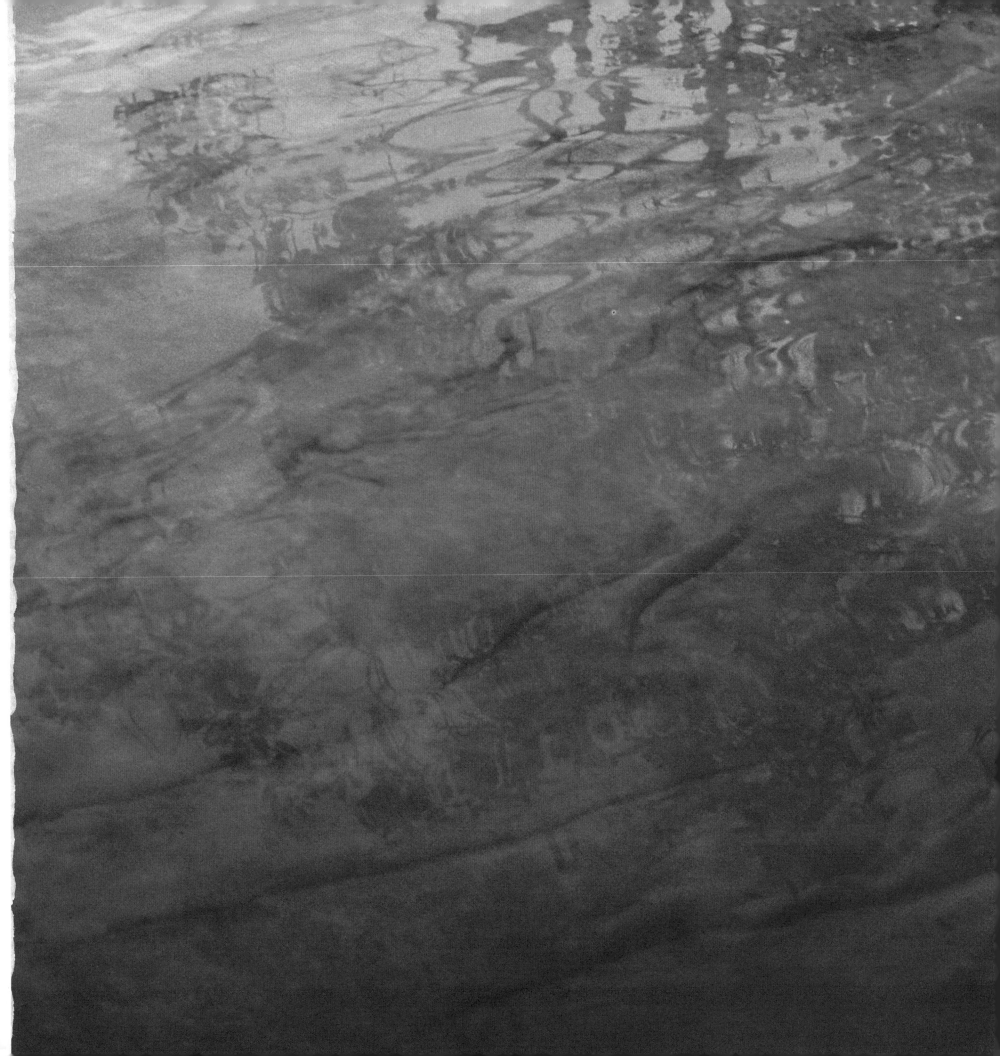